AF224402

A LA CAMPAGN

COMÉDIE EN UN ACTE

PAR

M. ADOLPHE BELOT

Représentée pour la première fois, à Paris, sur le théâtre du VAUDEVILLE, le 27 avril 1857.

PARIS

MICHEL LÉVY FRÈRES, LIBRAIRES-ÉDITEURS

RUE VIVIENNE, 2 bis.

—

1857

Distribution de la Pièce.

LE COMMANDANT DE BREUIL, 35 à 40 ans.   MM. Joliet.
GASTON D'ALBRET, 25 ans..............   A. Lambert.
LA COMTESSE DE LUSSAN, 28 ans........   Mmes Brassine.
MARGUERITE, sa nièce, 17 ans............   Dinah-Félix.

Toutes les indications sont prises de la gauche et de la droite
du spectateur; les changements sont indiqués par des renvois
au bas des pages.

(C.)

A LA CAMPAGNE

Un salon élégant. Portes latérales; au fond, porte vitrée ouvrant de plain-pied sur un parc; à droite, une haute cheminée gothique avec grand feu; à gauche, un piano, un canapé, des coussins; une table, sur laquelle se trouvent quelques livres et un timbre.

SCÈNE PREMIÈRE.

LE COMMANDANT, puis GASTON.

LE COMMANDANT, le collet de son paletot relevé, un cigare à la bouche, ouvre la porte vitrée et reste sur le seuil.

Brrr!... quel froid ce matin!... heureusement que voici un bon feu! Oui, mais mon cigare... défense de fumer au salon... Pauvre Londrès. (Il jette son cigare avec dépit et vient se chauffer les pieds à la cheminée.) Nom de nom!... ces petites femmes ont des manies insupportables!... Je vous demande un peu pourquoi elles n'aiment pas l'odeur du tabac... c'est sain, ça éloigne les mouches et ça purifie l'air...

UNE VOIX, au dehors.

Couchez là, Fox... ici! à bas!

LE COMMANDANT.

Bon! voilà M. d'Albret et sa meute... à peine fait-il jour qu'il arrive ici...

GASTON.

Bonjour, commandant, vous êtes seul?... Ces dames ne sont pas descendues?...

LE COMMANDANT.

Merci, pas mal, et vous?...

GASTON, allant à lui.

Plaît-il?

LE COMMANDANT.

Ah! pardon! je n'y étais pas... Oui, je suis seul, la comtesse et sa nièce ne descendent qu'au premier son du déjeuner.

GASTON.

C'est vrai... Tiens, vous avez froid, commandant?... (S'asseyant de l'autre côté de la cheminée.)

* G. C.

LE COMMANDANT.

Belle question?

GASTON.

Dame! le temps est doux.

LE COMMANDANT.

Vous n'êtes pas difficile...

GASTON.

Moins que vous à ce qu'il paraît, et cependant je n'ai pas fait toutes vos campagnes.

LE COMMANDANT *.

Hé! Monsieur, je n'étais pas de l'expédition de Russie, que je sache... Mes campagnes! A vous entendre, pour avoir passé une dixaine d'années en Afrique, je ne devrais plus distinguer l'hiver de l'été, je ne serais plus qu'une vieille... culotte de peau... En Afrique, Monsieur, j'ai appris à avoir chaud, je n'ai pas appris à supporter le froid... (Il se lève.)

GASTON, à part.

On s'en aperçoit. (Haut, se levant.) Mais alors, commandant, pourquoi restez-vous ici dans cette saison? vous tenez à voir tomber la dernière feuille?

LE COMMANDANT.

Je m'en... moque bien. (Il s'assied à gauche.)

GASTON.

Vous aimez donc beaucoup la campagne?

LE COMMANDANT, un journal à la main.

Hé! je l'aime... oui... mais...

GASTON, s'asseyant **.

Mais vous cachez votre jeu.

LE COMMANDANT.

Je ne vois pas tout en beau, moi.

GASTON.

Non, vous voyez tout en froid. (Gaston prend un livre et le parcourt.)

LE COMMANDANT, avec colère.

Hum!... (Il se met à chanter.) As-tu vu la casquette, la casquette, as-tu vu la casq...

GASTON, interrompant sa lecture.

Quelle est cette romance que vous chantez-là, commandant?

LE COMMANDANT.

Ce n'est pas une romance... c'est la casquette, un air dont les Arabes n'ont jamais entendu la fin.

GASTON.

Cela fait honneur à leurs oreilles.

LE COMMANDANT, se levant.

Monsieur!...

GASTON.

Commandant.

* C. G.
** G. C.

LE COMMANDANT, à part et se promenant.

Mauvais plaisant!... si nous n'étions pas chez la comtesse... Pour se plaire à la campagne à la fin de l'automne, il faut que ce garçon-là soit malade... ou amoureux!... (Faisant un bond.) Amoureux, pourquoi pas?... je le suis bien, moi... (Il frappe du pied.) Nom de nom!

GASTON, allant à lui.

Commandant, vous venez de voir une araignée?...

LE COMMANDANT.

Non, Monsieur!

GASTON.

Ah! je comprendrais votre émotion... moi, je me trouve mal chaque fois qu'un chat passe à côté de moi... puis l'histoire dit que Pierre le Grand...

LE COMMANDANT.

Eh! Monsieur... laissez-là Pierre le Grand, et parlons...

GASTON.

De quoi?... à vos ordres...

LE COMMANDANT, à part.

Non... voyons-le venir... (Ils s'asseyent au milieu.)

GASTON, après un temps.

Alors, commandant, vous n'avez pas encore aperçu madame de Lussan?...

LE COMMANDANT.

Je vous ai dit que non... (A part.) Nous y voici.

GASTON.

A quel moment de la journée a-t-on chance de la trouver seule?...

LE COMMANDANT, à part.

Hein?... C'est à moi qu'il... (Haut.) Je n'en sais rien. (Ils se lèvent.)

GASTON, riant.

Merci du renseignement... (Il se dirige vers la porte.)

LE COMMANDANT.

Il n'y a pas de quoi... Vous partez, vous ne restez pas à déjeuner?...

GASTON.

Non, je ne suis pas présentable...

LE COMMANDANT.

Qu'est-ce qui vous manque?... vous êtes complet ainsi... à la campagne on n'a pas besoin de se gêner.

GASTON.

A la campagne, une femme est une femme, et je suis d'avis qu'il faut être mis convenablement pour lui parler. Je reviendrai.

LE COMMANDANT.

A votre aise...

GASTON.

Au revoir, commandant. (Il sort.)

SCÈNE II.

LE COMMANDANT, seul, s'asseyant.

C'est ça! il va se friser les moustaches et se faire une raie au milieu de la tête pour plaire à la comtesse. Ah! par exemple! et moi, moi qui soupire depuis la mort de son mari... et même depuis plus longtemps. Bah!.. j'ai des droits sacrés, je les ferai valoir. Le comte, en mourant dans mes bras, m'a recommandé sa femme, cela voulait dire évidemment : Épouse-la, rends-la heureuse... (Se levant.) Et ce petit Monsieur viendrait... ah! mais non, je me mettrai en travers, ce ne sera pas!... (La comtesse et Marguerite entrent et surprennent le commandant qui se promène en gesticulant.)

SCÈNE III.

LE COMMANDANT, MADAME DE LUSSAN, MARGUERITE.

MADAME DE LUSSAN*, riant.

Commandant, quel est ce nouvel exercice militaire?..

LE COMMANDANT, se retourne et salue.

Comtesse... Mademoiselle, je vous présente mes respects.

(Marguerite le salue avec distraction. Madame de Lussan lui tend la main. Le commandant la baise et soupire... Madame de Lussan rit.)

MADAME DE LUSSAN **.

Avez-vous passé une bonne nuit, monsieur mon hôte?..

LE COMMANDANT.

Pas très-tranquille, les chiens n'ont cessé d'aboyer...

MADAME DE LUSSAN***.

Vraiment! à partir de cinq heures on ne les entend jamais.

LE COMMANDANT.

Oui, mais alors les coqs se mettent à chanter.

MADAME DE LUSSAN.

Vous avez le sommeil d'une délicatesse... Faites donc comme moi, est-ce que je me plains?.. Cependant vos chiens de chasse, en aboyant tout à l'heure sous mes croisées, m'ont éveillée.

LE COMMANDANT.

Mes chiens! ils ne sont pas sortis... ce sont ceux de monsieur d'Albret.

MARGUERITE, vivement.

Il est venu ce matin?..

LE COMMANDANT.

Oui, Mademoiselle...

MARGUERITE.

Et pourquoi ne l'avez-vous pas gardé à déjeuner?..

* C. L. M.
** L. C. M.
*** M. L. C.

MADAME DE LUSSAN.

Marguerite a raison, pourquoi l'avoir laissé partir?..

LE COMMANDANT, à part.

Quel intérêt! (Haut.) Je l'ai prié, supplié, il n'a jamais voulu consentir...

MARGUERITE.

Commandant, vous êtes d'une maladresse...

LE COMMANDANT.

Mais, Mademoiselle...

MADAME DE LUSSAN.

Reviendra-t-il aujourd'hui?.. je désire le voir..

LE COMMANDANT.

Vous désirez... oh!...

MADAME DE LUSSAN.

Qu'avez-vous?.. qu'y a-t-il là d'étonnant?..

LE COMMANDANT, de mauvaise humeur.

Soyez sans inquiétude, Madame, il est allé s'équiper... s'habiller, veux-je dire, et il reviendra bientôt.

MADAME DE LUSSAN.

Ah! tant mieux!.. A propos, commandant, approchez-vous... (Le commandant s'approche.) Quelle mine lugubre!.. Souriez et remerciez-moi.

LE COMMANDANT.

Volontiers, quand je saurai...

MADAME DE LUSSAN.

Le beau mérite! remerciez de confiance...

LE COMMANDANT.

Soit... je vous remercie, Madame...

MADAME DE LUSSAN.

Plus gracieusement...

LE COMMANDANT.

Je vous rends grâce...

MADAME DE LUSSAN, se levant. Le domestique apporte le déjeuner et place la table près de la cheminée.

Voyez si l'attention que j'ai eue pour vous n'en vaut pas la peine : hier, pendant tout le déjeuner, vous vous êtes plaint du froid, avec cet aimable naturel qui est un de vos principaux ornements...

LE COMMANDANT.

Je suis désolé...

MADAME DE LUSSAN.

Vous avez tort : j'adore vos petits défauts de société : ça me change; j'ai donc donné l'ordre de servir ce matin ici près du feu, cela vous va-t-il?..

LE COMMANDANT.

Ah! comtesse, si vous vouliez...

M. L. C.

MADAME DE LUSSAN.

Quoi?..

LE COMMANDANT.

Rien... rien... Vous remplissez à ravir votre rôle de dame châtelaine...

MADAME DE LUSSAN, riant.

Le jour, mais pas la nuit... j'ai trop de chiens et de coqs. (Marguerite se met au piano et joue pendant que le commandant déjeune.) Eh bien! qu'attendez-vous pour vous mettre à table?..

LE COMMANDANT.

Que vous et votre nièce ayez pris place.

MADAME DE LUSSAN*.

Ne vous occupez pas de nous, nous avons déjeuné légèrement. (La comtesse s'assied dans un fauteuil. Le commandant déjeune. Marguerite, sa musique à la main, sort un instant.)

LE COMMANDANT, mange et parle la bouche pleine.

Comptez-vous retourner bientôt à Paris, comtesse?..

MADAME DE LUSSAN.

Vous savez nos habitudes, nous ne quittons point la campagne avant décembre, nous nous y plaisons beaucoup, nous sommes occupées...

LE COMMANDANT.

Occupées!.. hum!

MADAME DE LUSSAN.

Paris en automne n'a rien de bien séduisant, les salons sont encore fermés...

LE COMMANDANT.

Les théâtres?

MADAME DE LUSSAN.

Il y en a si peu où l'on puisse mener une jeune fille... Vous aimez donc Paris, vous?.. (La comtesse se lève et vient s'asseoir sur la causeuse près du feu.)

LE COMMANDANT.

Mon Dieu non! Paris n'a de charmes que pour les muscadins, dandys ou lions qui se lèvent à midi, courent le bois de trois à cinq, dînent au café Anglais en tête-à-tête et passent leur nuit autour d'un tapis vert ou avec des femmes... qui sont la contre-partie des femmes honnêtes... Monde tombé, qui passe son temps à décrier le monde encore debout...

MADAME DE LUSSAN.

Oh! commandant, vous abusez de mon inexpérience... ce monde-là n'a jamais existé?..

LE COMMANDANT.

Les jeunes gens dont je parle existent; j'en connais, ils ont de vingt-deux à vingt-huit ans, ont des favoris frisés, parlent de tout sans rien savoir, n'ont de jeune que leur extrait de naissance, et arrivent souvent malgré leurs ridicules à compromettre une honnête femme qui ne se méfie pas d'eux.

* M. L. C.

MADAME DE LUSSAN.

Après qui en avez-vous?...

LE COMMANDANT.

D'ordinaire, ils ne se plaisent qu'à Paris ; mais l'été, par lassitude ou par mode, il leur arrive de venir passer quelque temps à la campagne; alors, s'ils rencontrent dans le voisinage quelque jolie femme, on les voit se faufiler dans son intimité, la séduire si sa vertu est fragile, l'épouser si sa vertu est solide et accompagnée d'une fortune... et faire ce qu'ils appellent une fin!... une fin! comme le mot est aimable pour la femme qu'ils épousent!

MADAME DE LUSSAN.

Que voulez-vous prouver?

LE COMMANDANT.

Qu'il faut se méfier des jeunes gens de vingt-cinq ans.

MADAME DE LUSSAN.

Les jeunes gens de vingt-cinq ans!... Parleriez-vous de M. Gaston d'Albret?

LE COMMANDANT.

Non... je n'entends pas...

MADAME DE LUSSAN.

Mais vous le donnez à entendre... On m'a pourtant toujours fait son éloge... Il m'a paru calme, posé, pour son âge; il ne joue pas, il danse même; tous les salons lui sont ouverts...

LE COMMANDANT, avec intention.

En effet... tous...

MADAME DE LUSSAN.

Que signifie?...

LE COMMANDANT.

Oui, Madame...

MADAME DE LUSSAN.

Quoi! enfin?... car vous m'impatientez...

LE COMMANDANT, à part.

Quel feu! (Haut.) L'hiver dernier je l'ai rencontré... (A part.) où diable puis-je l'avoir rencontré?... (Haut.) au bal de l'Opéra.

MADAME DE LUSSAN.

Vous y allez?...

LE COMMANDANT, embarrassé.

Une fois par hasard... pure curiosité...

MADAME DE LUSSAN.

Comme lui apparemment...

LE COMMANDANT.

Bref, c'est un garçon très-jeune, sans position, incapable de rendre une femme heureuse...

MADAME DE LUSSAN.

Vous me faites frémir...

LE COMMANDANT, à part, se levant.

C'est ce que je veux, parbleu!

MADAME DE LUSSAN.

Pourquoi ne m'avertir que maintenant?.. il est bien tard...

LE COMMANDANT, effrayé.

Bien tard!

MADAME DE LUSSAN, se levant.

Enfin! s'il en est temps encore, je ne lui donnerai pas ma nièce...

LE COMMANDANT, étonné.

Votre nièce?...

MADAME DE LUSSAN.

Eh! oui!... Marguerite, c'est elle qu'aime M. d'Albret; je crois même qu'il en est aimé... Quoi! vous n'aviez pas vu cela?.. vous êtes donc aveugle, mon cher commandant?..

LE COMMANDANT, à part.

Qui se serait jamais douté!...

MADAME DE LUSSAN.

Sans cela, l'aurais-je reçu dans notre intimité?... s'il se met aujourd'hui en frais de toilette, c'est qu'il se sera décidé à se prononcer.

LE COMMANDANT, à part.

Qu'est-ce que j'ai fait là! (Haut.) Madame, je me suis trompé, ce mariage me paraît très-convenable.

MADAME DE LUSSAN.

Commandant, je comprends vos scrupules, mais je vous remercie de vos confidences, vous avez agi en ami...

LE COMMANDANT.

Comtesse, je vous assure que ce jeune homme...

MADAME DE LUSSAN.

Il va à l'Opéra...

LE COMMANDANT.

Oh! comme moi...

MADAME DE LUSSAN.

Il soupe au café Anglais...

LE COMMANDANT.

Seul! au rez-de-chaussée...

MADAME DE LUSSAN.

Il joue...

LE COMMANDANT.

Si peu...

MADAME DE LUSSAN.

Incapable de rendre une femme heureuse...

LE COMMANDANT, vivement.

Il en rendrait heureuses plutôt deux qu'une...

MADAME DE LUSSAN, riant.

Savez-vous que vous me dites des choses impossibles...

LE COMMANDANT.

Ce n'est point mon intention...

* C. L.

MADAME DE LUSSAN.

Un mauvais sujet enfin !

LE COMMANDANT.

Je n'ai point parlé de lui particulièrement, j'ai parlé de ces petits messieurs qu'on appelle la jeunesse dorée... M. d'Albret est une heureuse exception... Tenez, tout à l'heure encore, nous avions une conversation très-sérieuse sur... sur la comète de 1857.

MADAME DE LUSSAN, hochant la tête.

Il n'a que vingt-cinq ans...

LE COMMANDANT.

Votre nièce en a dix-sept, vous ne pouvez la marier à un sexagénaire... (Marguerite rentre.)

MADAME DE LUSSAN.

Tout cela demande réflexion. Je vais savoir au juste à quoi m'en tenir sur le cœur de Marguerite... Vous brûlez du désir de fumer, allez au jardin et laissez-moi seule avec elle.

LE COMMANDANT.

Mais... vous m'envoyez prom...

MADAME DE LUSSAN.

A peu près... A bientôt.

LE COMMANDANT, lui baisant la main.

J'obéis !... (A part et sur le devant de la scène.) Sacr... j'ai fait là de belle besogne ! Qui diantre aussi aurait eu l'idée que cette petite fille, que j'ai vue naître, était bonne à... aimer !..

MADAME DE LUSSAN.

Eh bien ?..

LE COMMANDANT.

Je m'en vais, je m'en vais... (A part et sortant.) Sacr... j'ai fait là de belle besogne !... (Il sort.)

SCÈNE IV.

MADAME DE LUSSAN, MARGUERITE.

(Madame de Lussan se dirige vers Marguerite qui, le coude sur son piano et la tête dans sa main, rêve et ne la voit pas s'avancer.)

MADAME DE LUSSAN*.

Marguerite !..

MARGUERITE, surprise.

Ma tante ?

MADAME DE LUSSAN.

Voilà comme tu étudies ?..

MARGUERITE.

J'ai étudié, chère tante ; je me reposais depuis un instant.

MADAME DE LUSSAN.

Paresseuse !

* M. L.

MARGUERITE, allant à elle et l'embrassant.

Ne vas-tu point me gronder et prendre des airs d'aïeule !

MADAME DE LUSSAN, riant.

Refuserais-tu de reconnaître mes droits ?..

MARGUERITE.

Non, bonne tante, vous avez tous les droits possibles sur votre nièce, votre pupille, votre fille.. Je suis orpheline et je vous aime Mme de Lussan l'embrasse.) Tiens ! qu'est donc devenu le commandant?

MADAME DE LUSSAN.

Tu ne l'as pas vu partir ?.. Ce que c'est que l'étude...

MARGUERITE.

Tu te moques de moi.

MADAME DE LUSSAN.

Un peu... Je monte chez moi, viens-tu ?

MARGUERITE.

Tu vas t'habiller ?..

MADAME DE LUSSAN.

Oui.

MARGUERITE.

Tu attends donc des visites ?..

MADAME DE LUSSAN.

J'en attends une.

MARGUERITE.

Laquelle?..

MADAME DE LUSSAN.

Celle de M. Gaston d'Albret...

MARGUERITE.

Ah !..

MADAME DE LUSSAN.

Il s'est fait annoncer. C'est grave, je ne puis pas le recevoir en robe de chambre.

MARGUERITE.

Et sais-tu ce qu'il a à te dire ?

MADAME DE LUSSAN.

Curieuse !..

MARGUERITE.

J'en conviens; dis vite...

MADAME DE LUSSAN.

Je ne m'en doute pas ; et toi ?..

MARGUERITE.

Moi, non plus.

MADAME DE LUSSAN.

Tu n'as aucune idée ?..

MARGUERITE.

Aucune.

MADAME DE LUSSAN.

Ah !.. entre nous, je le soupçonne...

MARGUERITE.

Tu le soupçonnes de ?...

MADAME DE LUSSAN.

De venir me voir...

MARGUERITE.

Pour ?...

MADAME DE LUSSAN.

Pour me voir... ça t'étonne ?

MARGUERITE.

Méchante, qui lis dans mon cœur et qui prends un malin plaisir à le tourmenter...

MADAME DE LUSSAN.

En vérité ! C'est si fort que cela ?..

MARGUERITE.

Si fort... non... mais dis toujours !..

MADAME DE LUSSAN.

Eh bien ! je crois qu'il vient me demander ta main...

MARGUERITE.

Ah ! tu crois?...

MADAME DE LUSSAN.

Fais l'étonnée...

MARGUERITE.

Et que vas-tu lui répondre ?..

MADAME DE LUSSAN.

Je ne sais pas trop... Que répondrais-tu, toi ?..

MARGUERITE.

Je ne sais pas trop...

MADAME DE LUSSAN.

Alors, je lui répondrai que sa demande nous honore, mais que nous ne savons pas trop...

MARGUERITE.

Oh !..

MADAME DE LUSSAN.

Au fait, tu es bien jeune pour te marier !..

MARGUERITE.

J'ai dix-sept ans !

MADAME DE LUSSAN.

Tant que cela !.. Tu le trouves bien, M. Gaston ?..

MARGUERITE.

Pour cela, oui !

MADAME DE LUSSAN.

S'il n'y avait besoin que de ton consentement, tu le donnerais ?..

MARGUERITE.

Dame ! ma tante...

MADAME DE LUSSAN.

Bon ! voilà la position dessinée... Maintenant parlons raison, à cœur ouvert comme deux amies... veux-tu ?..

MARGUERITE.

Je t'écoute... (Elles s'asseyent au milieu.)

MADAME DE LUSSAN.

Gaston te plaît; à moi, il me convient sous plusieurs rapports... il a un nom, de la fortune...

MARGUERITE.

Après ?.. après ?..

MADAME DE LUSSAN.

De l'esprit... du cœur...

MARGUERITE.

Oh! oui...

MADAME DE LUSSAN.

Mais...

MARGUERITE.

Il y a un mais ?..

MADAME DE LUSSAN.

Voici le revers de la médaille.

MARGUERITE.

Et un revers?

MADAME DE LUSSAN.

Gaston est très-jeune, il a vécu au milieu des plaisirs, dans un monde futile et léger; qui m'assure qu'il te rendra heureuse, qu'il sera tout à toi?..

MARGUERITE.

Oh! moi, j'en suis sûre...

MADAME DE LUSSAN.

Tu le connais à peine depuis quatre mois.

MARGUERITE.

J'ai beaucoup causé avec lui...

MADAME DE LUSSAN.

Enfant! si un jour Gaston te négligeait pour une autre...

MARGUERITE.

Est-ce possible ?..

MADAME DE LUSSAN.

Malheureusement, oui... Mon Dieu !.. pour faire oublier à ces messieurs une femme aimée, il suffit souvent d'une femme aimable.

MARGUERITE.

Les hommes sont donc bien méchants ?..

MADAME DE LUSSAN.

Non, pas tous; mais il peut arriver qu'une coquette vienne à passer, agite son éventail d'une certaine façon, lui sourie; alors ton Gaston, comme tous les Gaston du monde, détournera la tête...

MARGUERITE, riant.

De mon côté...

MADAME DE LUSSAN.

Voyez-vous la fatuité! sainte confiance du jeune âge !..

MARGUERITE.

Ne te vieillis donc pas tant, tu sais bien qu'on te prend toujours pour ma sœur aînée...

MADAME DE LUSSAN.

Flatteuse !.

MARGUERITE.

Vois, j'ai tellement foi en l'amour de Gaston, qu'une femme, fût-elle aussi séduisante que toi... ne me causerait aucune jalousie...

MADAME DE LUSSAN.

Vraiment ?..

MARGUERITE.

C'est ainsi...

MADAME DE LUSSAN.

Si j'essayais ?..

MARGUERITE.

Tu échouerais...

MADAME DE LUSSAN.

Ton assurance me donne envie d'en courir la chance.

MARGUERITE.

Ce n'est pas ma vanité qui parle, au moins, c'est mon cœur.

MADAME DE LUSSAN.

Vrai, je me pique au jeu...

MARGUERITE.

Essaie, essaie, c'est tout ce que je demande ; s'il ne succombe pas, tu n'auras plus de crainte ; s'il te résiste, à qui ne résistera-t-il pas ?.. tu hésites ?..

MADAME DE LUSSAN.

Dame ! il y a de quoi...

MARGUERITE, riant.

Tu as peur ?.. (Elles se lèvent.)

MADAME DE LUSSAN.

Non... (A part.) Après tout, la fin justifie les moyens...

MARGUERITE.

Tu refuses ?..

MADAME DE LUSSAN.

J'accepte.

MARGUERITE, gaiement.

Bonne chance, tante coquette.

MADAME DE LUSSAN.

Merci, nièce vaniteuse... votre sœur aînée va servir de pierre de touche à l'amour de M. Gaston.

MARGUERITE, hésitant.

Si tu allais réussir pourtant...

MADAME DE LUSSAN.

On ne sait pas ce qui peut arriver... Je suis jeune, aimable, tu l'as dit...

MARGUERITE.

C'est vrai... mais cela me ferait tant de mal !.. Tiens, tu m'effrayes.

MADAME DE LUSSAN.

La souffrance présente n'est rien, chère enfant ; un cœur de dix-sept ans est comme une rose en bouton ; que le vent souffle, sa tige s'agite, mais ses feuilles restent intactes. Que le cœur vieillisse, au contraire, que la rose se dessèche, au moindre souffle, les feuilles tomberont une à une, et il ne restera que la tige désolée.

MARGUERITE.

Et comment saurai-je s'il a failli dans l'épreuve ?..

MADAME DE LUSSAN.

Je te le dirai.

MARGUERITE.

Oh ! cela ne me suffit pas.

MADAME DE LUSSAN.

Vois comme la jalousie est mauvaise conseillère... tu te défies de moi... Quand je toucherai ce timbre, tu entreras.

MARGUERITE.

Et que verrai-je ?

MADAME DE LUSSAN.

Tu le verras à mes pieds sur ce tabouret... je l'apprête pour lui. (Elle range le tabouret.)

MARGUERITE.

A tes pieds ?.. sur ce tabouret ?.. c'est impossible !..

MADAME DE LUSSAN.

Comment, impossible !..

MARGUERITE.

Madame ma tante, vos bandeaux ont besoin d'être lissés, voulez-vous que je vous aide ?

MADAME DE LUSSAN.

Trop de générosité, Mademoiselle ma nièce.

MARGUERITE.

Je ne suis plus votre nièce... je suis mademoiselle Marguerite de Launay, vous êtes la comtesse de Lussan ; nous sommes rivales ; seulement, comme je suis belle joueuse, je vous rends des points.

MADAME DE LUSSAN.

La plaisanterie devient tout à fait sérieuse, je vais à ma toilette.

MARGUERITE.

Ah !.. ôtez ces rubans-là, il n'aime pas le rouge.

MADAME DE LUSSAN.

Merci, Mademoiselle...

MARGUERITE.

Adieu, Madame.

MADAME DE LUSSAN.

Au revoir, Mademoiselle... (Elles se saluent cérémonieusement et vont, l'une vers la porte de droite et l'autre vers la porte de gauche ; puis elles se regardent et se jettent dans les bras l'une de l'autre.)

MARGUERITE.

Chère tante !...

MADAME DE LUSSAN.

Chère Marguerite !.. (Marguerite sort.)

SCÈNE V.

MADAME DE LUSSAN, seule.

Elle se croit sûre de triompher!.. ces jeunes filles ne doutent de rien... (Elle se regarde dans une glace à main qu'elle prend sur le guéridon.) Cependant... cette glace ne ment pas... je suis encore jolie, très-jolie même. Du reste, le commandant ne m'adore-t-il pas?.. mais où est-il?.. il fume, quand il devrait être ici à me donner des conseils, à m'encourager; car enfin c'est lui qui est cause de ce pari dans lequel se trouve engagé l'amour-propre de toutes les tantes... de trente ans... (Au commandant, qui entré en grande tenue.)

SCÈNE VI.

MADAME DE LUSSAN, LE COMMANDANT.

MADAME DE LUSSAN*.
Dieu! que vous êtes beau!.. est-ce que vous allez passer une revue?..

LE COMMANDANT.
Non, Madame... je me suis mis... à... mon aise.

MADAME DE LUSSAN, riant.
A votre aise... votre grande tenue!.. Vous avez donc quelqu'un à séduire ici?

LE COMMANDANT.
Non... si fait... vous...

MADAME DE LUSSAN.
Ah!.. j'oublie toujours que vous m'adorez... je ne puis m'habituer à cette idée...

LE COMMANDANT.
Elle est pourtant simple et naturelle.

MADAME DE LUSSAN.
Alors, je m'y suis trop habituée!.. que voulez-vous?.. la campagne enlève l'usage du monde, je deviens bonne femme; aussi me voyez-vous mortellement embarrassée... j'ai besoin que vous me remontiez le moral.

LE COMMANDANT.
Vous?..

MADAME DE LUSSAN.
J'ai causé avec ma nièce; elle aime M. d'Albret.

LE COMMANDANT.
Bravo! elle a raison... marions ces deux enfants, comtesse, marions-les...

MADAME DE LUSSAN.
Non pas, je veux auparavant être sûre de M. Gaston...

* L. C.

LE COMMANDANT.

Je vous réponds de lui.

MADAME DE LUSSAN.

Belle caution !.. vous qui ce matin encore... Mais j'y pense, commandant, pourquoi tenez-vous tant à ce mariage ?...

LE COMMANDANT, embarrassé.

C'est que...

MADAME DE LUSSAN.

Répondez...

LE COMMANDANT.

C'est que votre nièce une fois mariée, vous serez seule, vous vous ennuierez, et vous consentirez peut-être à me donner votre main.

MADAME DE LUSSAN, riant.

Ah! ah! voilà votre idée... vous comptez sur le spleen... Les uns épousent par inclination, moi j'épouserai par... ennui. Vous êtes philosophe, commandant !..

LE COMMANDANT.

Je suis amoureux, comtesse. Ne riez pas; il y a si longtemps que je vous adore...

MADAME DE LUSSAN.

C'est convenu, nous en sommes à votre quarante-troisième déclaration, depuis mon veuvage, et si j'ai bon souvenir, vous étiez déjà en avance...

LE COMMANDANT.

Comtesse!

MADAME DE LUSSAN.

Soit! je ne compterai plus! mais j'ai résolu de mettre le fiancé de Marguerite à l'épreuve; vous allez me seconder.

LE COMMANDANT.

Tout à vous...

MADAME DE LUSSAN.

M. d'Albret va venir, vous nous laisserez seuls... je serai aimable avec ce jeune homme, vous entendez?..

LE COMMANDANT.

Parfaitement...

MADAME LE LUSSAN.

Gracieuse au possible; vous entendez?..

LE COMMANDANT.

Oui, mais je ne comprends pas...

MADAME DE LUSSAN.

Je serai même un peu coquette...

LE COMMANDANT, vivement.

Pourquoi cela?..

MADAME DE LUSSAN.

Ne vous effrayez pas, il y a des nuances dans la coquetterie, elle a des bornes.

LE COMMANDANT.

Je l'espère bien... Enfin, votre but?..

MADAME DE LUSSAN.

Est d'amener M. d'Albret à se mettre à mes pieds sur ce tabouret.

LE COMMANDANT.

Hein !.. quelle nécessité?..

MADAME DE LUSSAN.

Ce timbre doit annoncer ma victoire; franchement, croyez-
vous que je sonnerai?

LE COMMANDANT.

Parbleu! c'est justement ce qui m'inquiète.

MADAME DE LUSSAN.

Eh bien, moi, je ne trouve pas que ce soit si facile, et j'ai
besoin que vous m'aidiez...

LE COMMANDANT.

Moi, Madame! oh! ceci est trop fort!

MADAME DE LUSSAN.

Oh! Monsieur! il le faut...

LE COMMANDANT.

Mais pourquoi?..

MADAME DE LUSSAN.

Parce que Marguerite est convaincue que M. d'Albret l'aime
trop pour penser à une autre femme.

LE COMMANDANT.

Quelle nécessité d'en faire vous-même l'expérience?

MADAME DE LUSSAN.

Dame! si ce n'est moi, je ne vois guère que vous... Bref,
mon honneur est engagé, je compte sur vous...

LE COMMANDANT.

Jamais! ce jeu-là est dangereux...

MADAME DE LUSSAN.

Pour lui, mais pas pour moi...

LE COMMANDANT.

Il peut l'être pour tous les deux.

MADAME DE LUSSAN.

Commandant, vous venez de dire une impertinence... je
plains le sort de votre quarante-quatrième déclaration.

LE COMMANDANT.

Vous êtes impitoyable.

MADAME DE LUSSAN.

Non, je suis bonne personne; obéissez et je réfléchirai.

LE COMMANDANT.

Qu'exigez-vous de moi?..

MADAME DE LUSSAN.

Vous ne préviendrez pas M. Gaston de ce qui va se passer et
que vous aurez pour lui les plus grands égards.

LE COMMANDANT.

Je le promets.

MADAME DE LUSSAN.

Jurez-le...

LE COMMANDANT.

C'est inutile...

MADAME DE LUSSAN.

Jurez.

LE COMMANDANT.

Je le jure...

MADAME DE LUSSAN.

Puis, pour lui enlever tout espoir et pour lui inspirer le désir de se venger, vous lui annoncerez que Marguerite vous aime et que vous allez l'épouser...

LE COMMANDANT.

Qui?.. moi! il ne me croira pas.

MADAME DE LUSSAN.

Parfaitement! vous êtes si bien ainsi... jurez...

LE COMMANDANT.

Sacr...

MADAME DE LUSSAN.

Pas ainsi...

LE COMMANDANT.

En vérité...

MADAME DE LUSSAN.

En vérité, il faut que vous juriez. (Regardant le commandant.) Il le faut!

LE COMMANDANT.

Soit. Je le jure!

MADAME DE LUSSAN, se dirigeant vers la porte de sa chambre.

Vous êtes un homme charmant! Je vous quitte... vous recevrez notre amoureux... vous lui raconterez sérieusement tout ce que vous voudrez... puis vous me céderez la place... Adieu et merci d'avance, mon cher commandant. (Elle sort.)

SCÈNE VII.

LE COMMANDANT, seul, puis GASTON.

LE COMMANDANT.

Je lui céderai la place... jolie idée qui lui est venue là... Oh! les femmes! (Il se retourne et aperçoit Gaston qui apparaît à la porte du fond en toilette de bal.) Bon! voici l'autre, avant que je n'aie eu le temps de me retourner...

GASTON.

Rebonjour, commandant; tiens, vous êtes de service *?

LE COMMANDANT.

Plaît-il?.. ça vous gêne?

GASTON.

Pas du tout. Je trouve au contraire que l'uniforme va très-bien aux officiers.

* C. G.

LE COMMANDANT.

Est-ce à dire que nous ne sachions pas nous vêtir en bourgeois? Après cela, je ne vois pas en quoi ma tenue est déplacée... quand on est en col empesé...

GASTON.

Très-juste. Chacun a le droit de se mettre à son aise.

LE COMMANDANT, respire bruyamment.

Hum! Monsieur...

GASTON.

Commandant?

LE COMMANDANT.

Rien. (A part.) Maudit serment! allons, il faut en finir... (Haut.) Oui... il est des circonstances où une certaine toilette est nécessaire...

GASTON.

Un enterrement, par exemple...

LE COMMANDANT.

Ou un mariage... Tenez, jeune homme, je ne veux pas avoir de secret pour vous... mon uniforme a fait des siennes ce matin.

GASTON.

Ah bah!... contez-moi cela.

LE COMMANDANT.

J'avais une démarche importante à...

GASTON.

Et vous l'avez faite... vous êtes bien heureux?

LE COMMANDANT.

Oui, car ma demande a été bien accueillie... je me marie, mon cher.

GASTON.

Vous!...

LE COMMANDANT.

Oui, je me suis décidé...

GASTON, à part.

Il y a mis le temps... (Haut.) Et avec qui?...

LE COMMANDANT.

Avec elle... parbleu!...

GASTON.

Qui?... elle!... ah! madame de Lussan... je vous félicite, commandant...

LE COMMANDANT.

Mais non... il ne s'agit pas de la comtesse, je n'aime pas les veuves, moi...

GASTON.

Cependant...

LE COMMANDANT.

Une femme qui a des idées excentriques...

GASTON.

Mais...

LE COMMANDANT.

Une coquette.

GASTON.

Permettez, je n'ai jamais remarqué...

LE COMMANDANT, à part.

Je l'espère bien... (Haut.) Ah! remarquez à l'avenir, vous verrez...

GASTON.

Enfin, ce nom... est-ce un mystère?...

LE COMMANDANT.

Nullement... j'épouse...

GASTON.

Vous épousez?...

LE COMMANDANT.

Une jeune fille...

GASTON.

Une jeune fille?...

LE COMMANDANT.

Oui!... oui!... que vous connaissez...

GASTON.

Qui?...

LE COMMANDANT.

Mademoiselle Marguerite de Launay.

GASTON.

Vous, commandant!... ah! la plaisanterie est adorable...

LE COMMANDANT.

Qu'y a-t-il de plaisant?... (A part.) Il le prend sur ce ton!... nous allons voir...

GASTON.

Épouser mademoiselle Marguerite!... vous voulez rire...

LE COMMANDANT.

Je ris si peu que je vous engage à assister à mon mariage, dans trois semaines.

GASTON.

Quoi! c'est sérieux?... Et mademoiselle Marguerite?...

LE COMMANDANT.

A accepté avec empressement, je m'en flatte.

GASTON.

Vous l'a-t-elle dit à vous-même?

LE COMMANDANT.

Oui... oui... oui...

GASTON.

Vous en êtes sûr?

LE COMMANDANT.

Parbleu!

GASTON.

Et elle vous aime?...

LE COMMANDANT, avec fatuité.

Mon Dieu oui! L'épaulette est d'un attrait puissant auprès des jeunes filles...

GASTON.

Monsieur, je ne puis croire...

LE COMMANDANT.

Plaît-il?...

GASTON.

Vous vous trompez, on vous trompe, ou elle se trompe...

LE COMMANDANT.

Ah! voilà qui va trop loin!

GASTON.

Son mari, vous! mais vous seriez son père...

LE COMMANDANT, à part.

Damné serment!... (Haut.) Monsieur, voici la comtesse, vous lui ferez peut-être l'honneur de la croire,

SCÈNE VIII.

LES MÊMES, MADAME DE LUSSAN. Gaston salue la comtesse,

MADAME DE LUSSAN *.

Bonjour, monsieur d'Albret! (Bas et vite au commandant.) Eh bien ?...

LE COMMANDANT, même jeu.

J'ai parlé, il est furieux...

MADAME DE LUSSAN, même jeu.

Laissez-nous.

LE COMMANDANT, même jeu.

Mais...

MADAME DE LUSSAN, même jeu.

Et nos conventions !... (Haut.) Commandant, Marguerite vous attend dans la Bibliothèque... elle cherche un livre que vous aviez hier, allez donc lui dire où vous l'avez mis...

LE COMMANDANT.

Oui, Madame... (A part et s'en allant.) Seuls!... et l'autre qui va chercher une consolation. (Il sort.)

SCÈNE IX.

GASTON, MADAME DE LUSSAN.

MADAME DE LUSSAN.

Vous avez chassé ce matin, Monsieur Gaston**?...

GASTON.

Oui, Madame...

* C. L. G.
** L. G.

MADAME DE LUSSAN.

Pourquoi donc n'êtes-vous pas resté à déjeuner ici?...

GASTON.

J'étais en costume de chasse.

MADAME DE LUSSAN.

C'est vrai, je n'avais pas fait attention... vous voilà comme le commandant, vous êtes superbe... Est-ce qu'on vient de vous nommer sous-préfet?

GASTON.

Je ne me suis aussi tristement vêtu, Madame, que parce que j'avais une demande très-grave à vous adresser.

MADAME DE LUSSAN.

Dites vite...

GASTON.

Une demande d'où dépend le bonheur de ma vie... Mais je crains qu'il ne soit trop tard...

MADAME DE LUSSAN.

Trop tard!

GASTON.

Monsieur de Breuil m'a appris...

MADAME DE LUSSAN.

Oh! ne vous en rapportez pas au commandant, il est généralement mal informé...

GASTON.

Il serait vrai... alors, je puis...

MADAME DE LUSSAN.

Vous pouvez certainement...

GASTON.

Vous dire le but de ma visite...

MADAME DE LUSSAN.

Rien ne vous empêche... (Ils s'asseyent au milieu.)

GASTON.

Madame, ma famille vous est connue... j'ai vingt mille francs de rente.

MADAME DE LUSSAN.

On ne meurt pas de faim avec cela.

GASTON.

J'ai fait mon droit, je suis avocat.

MADAME DE LUSSAN.

Vous pouvez alors prétendre à tout... toute votre vie.

GASTON.

Madame, j'ai l'honneur de vous demander...

MADAME DE LUSSAN.

Oh! prenez garde d'être indiscret.

GASTON.

De vouloir bien m'accorder...

MADAME DE LUSSAN.

Permettez, pendant que j'y pense, voulez-vous une place

dans une loge que je fais retenir pour cet hiver aux Italiens.

GASTON.

Volontiers, Madame.

MADAME DE LUSSAN.

Mais vous avez, je crois, quelque chose à me raconter, je vous écoute.

GASTON.

Je suis amoureux, Madame.

MADAME DE LUSSAN.

Pauvre garçon! et êtes-vous aimé?

GASTON.

Je le croyais ce matin encore.

MADAME DE LUSSAN.

Qui vous le faisait croire?...

GASTON.

Une foule de riens indéfinissables, mais qui ont une grande signification.

MADAME DE LUSSAN.

Pauvres femmes! voilà comme nous nous compromettons; on dit naïvement à un jeune homme que la couleur de son gilet est bien trouvée... puis, on n'y songe plus; erreur, cette déclaration à brûle-gilet est un rien, et ce rien-là a une grande signification.

GASTON.

Vous raillez, Madame; c'est chose grave, cependant... Permettez-moi une seule question... vous êtes-vous engagée avec monsieur de Breuil?

MADAME DE LUSSAN.

Vous êtes fou.

GASTON.

Il m'a donc trompé?

MADAME DE LUSSAN.

Il en est bien capable.

GASTON.

Alors, mademoiselle Marguerite?..

MADAME DE LUSSAN, d'un air étonné.

Marguerite!..

GASTON.

Son mariage n'est pas convenu?

MADAME DE LUSSAN.

Au contraire... A quel jeu jouons-nous?

GASTON.

Vous m'assuriez tout à l'heure ne pas vous être engagée avec le commandant.

MADAME DE LUSSAN.

Je ne comprenais pas.

GASTON.

Il me faut donc renoncer...

MADAME DE LUSSAN.

A quoi?

GASTON.

A sa main?

MADAME DE LUSSAN.

La main de qui?.. la main du commandant?

GASTON.

Eh! non, comtesse, à celle de votre nièce.

MADAME DE LUSSAN, avec dépit.

C'est elle que vous aimez?.. Ah!

GASTON, à part.

Pourquoi ce dépit?.. Ah! ce n'est pas possible.

MADAME DE LUSSAN.

Ainsi, vous vous croyez aimé de Marguerite?

GASTON.

Oui... Madame.

MADAME DE LUSSAN, riant.

Ce n'est pas sérieux, avouez-le tout de suite.

GASTON.

Je vous jure.

MADAME DE LUSSAN.

Là! là!... vous vous êtes dit : Je suis reçu tous les jours chez madame de Lussan, ses obligeants voisins sont capables d'en médire; je vais, pour bien définir ma position, lui demander la main de la jeune fille à marier; si on me la refuse, je serai la victime plaintive et résignée à laquelle on a permis de rester l'ami de la maison; si on me l'accorde, je passerai pour le fiancé qui soupire après l'époque indéfiniment reculée de son bonheur. Le prétexte est bien trouvé.

GASTON, à part, la regardant.

Mais elle est charmante!

MADAME DE LUSSAN.

Allons, c'est convenu, vous m'avez demandé ma nièce, je vous l'ai refusée : vous êtes la victime plaintive et résignée, finissons cette petite comédie, et parlons d'autre chose. (Ils se lèvent.)

GASTON, à part.

Au fait, Marguerite me trahit, je me venge, rien de mieux!

MADAME DE LUSSAN, lui tendant la main.

Est-ce entendu?

GASTON, la lui baisant.

Vous êtes adorable... (Ici le commandant, qui depuis le commencement de la scène passe et repasse devant la porte vitrée, en dehors, colle un visage effaré contre les vitraux de la porte.)

MADAME DE LUSSAN, tournant la tête et riant à part.

Le commandant est bien gênant, il m'ôte mes moyens... (Regardant sa main que Gaston retient entre les siennes.) Que faites-vous?

GASTON la lui baise.

Je m'incline devant votre sagesse.

MADAME DE LUSSAN.

Un peu moins de respects... Pauvre garçon! dire que si je vous avais pris au mot, vous seriez, comme on dit aux Variétés, un jeune homme bon à... empailler, obligé de lire la Physiologie du mariage, et de vous remettre au latin pour le montrer à la partie masculine de votre famille à venir.

GASTON.

Vous riez dans la perfection.

MADAME DE LUSSAN.

Affaire d'habitude ; le sujet prête. Croyez en ma vieille expérience de veuve : il faut qu'un jeune homme soit pourvu d'une grande philosophie pour assister sans douleur aux derniers moments de sa vie de garçon ; il y a certains petits détails qui, si j'avais été homme, m'auraient toujours arrêtée au moment suprême.

GASTON.

Lesquels, Madame?

MADAME DE LUSSAN.

L'écharpe de la mairie, la hallebarde du suisse et la promenade des fiancés.

GASTON.

J'en conviens, tout cela doit être désagréable pour une femme, mais pour un homme.

MADAME DE LUSSAN.

C'est la même chose... et puis franchement vous n'avez rien de ce qui constitue un bon mari ; vous êtes poëte, vous ne jouez pas au whist, et vous êtes amoureux de toutes les femmes.

GASTON.

Moi, Madame !

MADAME DE LUSSAN.

Défendez-vous... comme si je ne savais pas à quoi m'en tenir.

GASTON, à part.

Ah çà !... mais elle m'encourage.

MADAME DE LUSSAN.

Est-ce que vos yeux ne m'ont point fait déjà dix déclarations.

GASTON.

Mes yeux ?

MADAME DE LUSSAN.

Une coquette se serait fâchée ; moi, je vous pardonne.

GASTON, à part.

Ma foi, je ne puis pas faire plus longtemps le Joseph... (Haut.) Madame, il est vrai...

MADAME DE LUSSAN, se retournant.

Voyez-vous le commandant à la croisée?.. Il est vert, je parie qu'il a l'onglée. Pourquoi n'entre-t-il pas? Ah! il a sans doute peur de troubler notre tête-à-tête; il a tort, tout le monde peut entendre ce que vous me dites.

GASTON.

Est-ce un reproche?

MADAME DE LUSSAN, riant.

Un reproche, non : une épigramme, peut-être; donnez-moi votre bras, et sortons : vous faites des vers, le soleil essaye d'apparaître là-bas, allons voir s'il est aussi propice aux imaginations poétiques... que la lune...

GASTON, à part.

Ou c'est une fière coquette, ou elle se moque de moi.

MADAME DE LUSSAN.

Eh bien! Monsieur?

GASTON.

Madame... (Il lui offre le bras et ils se dirigent vers la porte du fond. Le commandant entre *.)

SCÈNE X.

LES MÊMES, LE COMMANDANT.

MADAME DE LUSSAN **.

Commandant, nous vous cédons le coin de la cheminée.

LE COMMANDANT.

Merci, Madame, je n'ai pas froid.

MADAME DE LUSSAN.

Ne me remerciez pas, et chauffez-vous. (Ils sortent.)

SCÈNE XI.

LE COMMANDANT, seul, puis MARGUERITE.

LE COMMANDANT, les suivant des yeux.

Nom de... nom... mille millions dé... Je ne sais qui me tient d'aller prendre le bras de la comtesse et de jeter ce petit monsieur dans le bassin... Et dire que j'ai été assez bête... assez... (Il frappe du pied et s'assied à gauche.)

MARGUERITE, entr'ouvrant la porte de droite.

Commandant ***!

LE COMMANDANT, se levant.

Qu'est-ce? Ah! pardon, Mademoiselle.

* G. L.
** G. L. C.
*** C. M.

MARGUERITE.

Où est ma tante?..

LE COMMANDANT.

Au jardin.

MARGUERITE.

Seule?

LE COMMANDANT.

Non, parbleu! avec M. Gaston. C'est un joli personnage que votre Gaston!

MARGUERITE.

Ils étaient ici tout à l'heure?

LE COMMANDANT.

Oui, assis l'un près de l'autre.

MARGUERITE.

Vous étiez dans le salon?

LE COMMANDANT.

Non, je prenais le frais... sur la pelouse.

MARGUERITE.

Ah! et de quoi semblaient-ils parler?

LE COMMANDANT, avec humeur et haussant les épaules.

Je n'en sais rien.

MARGUERITE.

Ma tante avait-elle l'air contrarié?

LE COMMANDANT.

Elle? pas du tout! ils paraissaient s'entendre à merveille.

MARGUERITE.

Comment, vous pensez?

LE COMMANDANT.

Je pense... Ah! pardon... c'est qu'en vérité... je ne puis.

MARGUERITE.

Parlez de grâce : si vous saviez combien je suis inquiète!

LE COMMANDANT.

Et moi! Madame de Lussan est une coquette!

MARGUERITE.

Ah! commandant!

LE COMMANDANT.

Ma foi! oui! j'ai le cœur sur la main, moi! je ne sais pas feindre, j'ai peur.

MARGUERITE.

Moi aussi.

LE COMMANDANT.

Ce petit Gaston est si léger!

MARGUERITE.

Oh!

LE COMMANDANT.

Une jolie femme est toujours une jolie femme, et votre tante est furieusement jolie.

MARGUERITE.

C'est vrai.

LE COMMANDANT.

Votre maudit M. Gaston est assez entreprenant.

MARGUERITE.

Entreprenant!

LE COMMANDANT.

Oui, je veux dire qu'il pourrait bien prendre au sérieux ce qui n'était qu'un jeu.

MARGUERITE.

Mais ce serait affreux! Oh! mon Dieu! moi qui l'aime tant. (Elle pleure.)

LE COMMANDANT.

Bon! Il ne manquait plus que cela! brutal que je suis. Mon enfant, je me suis peut-être trompé.

MARGUERITE.

Non, vous ne vous êtes pas trompé... J'étais si heureuse de l'aimer, de me sentir aimée; la vie s'ouvrait pour moi si joyeuse... Ah! c'était trop beau.

LE COMMANDANT.

Nous sommes tous deux bien à plaindre.

MARGUERITE.

Vous aussi, commandant?

LE COMMANDANT.

Comment! mais je suis fou de votre tante depuis douze ans.

MARGUERITE.

Douze ans! Oh! que vous devez souffrir.

LE COMMANDANT.

Oh! oui, je souffre! mais je me vengerai.

MARGUERITE.

Moi aussi; tenez, je ne sais ce que je ferai, mais bien sûr, je me porterai à quelque extrémité. Commandant, voulez-vous être mon mari?

LE COMMANDANT.

Moi!.. voilà une idée!

MARGUERITE, pleurant.

Nous serons bien heureux ensemble! allez.

LE COMMANDANT, soupirant.

Très-heureux... (Marguerite, la tête dans ses mains, pleure. Le commandant regarde dans le jardin. A part.) Les voilà!.. ils reviennent; ils semblent du dernier mieux; la partie est perdue pour nous.

MARGUERITE.

Ah! j'en mourrai! (Elle s'assied à droite et pleure.)

LE COMMANDANT.

Non, mon enfant, non, vous n'en mourrez pas. Pauvre petite !

MARGUERITE.

Si, j'en mourrai.

LE COMMANDANT.

Non, mille fois non ! au diable mon serment, une parole surprise par une femme n'engage à rien, il ne sera pas dit... (Il
prononce ces derniers mots en se dirigeant vers le jardin.)

SCÈNE XII.

MARGUERITE, seule.

Commandant ! Où donc est-il ! Il est parti !.. Oh ! me laisser
seule ainsi ! (Elle court vers la porte du jardin.) Commandant, ah ! le
voici là-bas dans l'allée ! Qu'a-t-il donc ? il fait de grands
gestes ; il se met à courir. Oh ! comme il est drôle le commandant quand il court ! mais il ne paraît plus triste, il s'est donc
moqué de moi... C'est ça, il voulait m'effrayer, folle que j'étais...
ma tante renoncera à son projet... ou elle échouera. Gaston
m'aime, j'en suis sûre ; il ne me l'a jamais dit, mais ses vers me
le juraient pour lui... Cher papier, que j'ai si souvent baisé en
cachette, m'aurais-tu menti ! (Elle sort un papier plié de son sein et
lit.)

A UNE MARGUERITE.

Petite fleur, sœur de la rose,
Fille cadette du printemps,
Sur ta blanche robe se pose
L'œil indiscret de tes amants.

Que cherchent-ils dans ton calice ?
Une réponse à leur amour ;
De l'espoir d'un matin, du bonheur d'un seul jour
Ta feuille est souvent la complice.

M'aime-t-elle un peu... seulement ?
Suis-je aimé passionnément ?
Te voilà, parle, et réponds vite !
Réponds-moi donc, est-ce *beaucoup* ?
O méchante ! ou bien... *pas du tout* ?
Réponds pour elle, ô Marguerite !

Et il me tromperait !.. non. On vient, il me faut pas qu'on
me trouve ici... Oh ! mais je veux entendre... là derrière ce
rideau !.. (Elle se cache derrière une portière à gauche.)

* G. L.

SCÈNE XIII.

GASTON, MADAME DE LUSSAN, puis MARGUERITE.

(Ils entrent en causant. Madame de Lussan s'assied, cherche le timbre des yeux, prépare le coussin. — Gustave s'assied près d'elle.)

MADAME DE LUSSAN*.

Ainsi, vous êtes convaincu ?

GASTON.

Vous prêchez si bien !

MADAME DE LUSSAN.

Ma thèse est si facile à soutenir. Croyez-moi, ce n'est pas amusant une éducation de jeune fille. La femme de trente ans, au contraire, quant aux choses du cœur, n'a rien à apprendre; elle sait et comprend; l'expérience lui a donné une nouvelle vie : c'est mieux qu'une maîtresse, c'est un ami; frappez à sa porte, on vous ouvrira peut-être.

GASTON.

On et peut-être, deux mots vagues.

MADAME DE LUSSAN.

Elle vous ouvrira certainement; et cette femme, libre de son cœur et de ses actions, blonde, si les cheveux blonds vous plaisent...

GASTON, la regardant.

Je les aimerais mieux noirs.

MADAME DE LUSSAN.

Soit. Brune avec des yeux bleus.

GASTON.

Je préférerais des yeux noirs.

MADAME DE LUSSAN, riant.

Vous êtes trop exigeant; enfin il y a toujours moyen de concilier les nuances. Qu'en dites-vous ?

GASTON, tendrement.

Je dis que votre voix est bien persuasive, vos yeux bien éloquents ! (Il s'approche.)

MADAME DE LUSSAN, à part.

Il est long à se décider. (Haut.) Passer ainsi une partie de la vie, liés l'un à l'autre, et libres néanmoins, sans exigence pour le présent, sans reproches pour le passé, sans crainte pour l'avenir, ne sachant qu'une chose : s'aimer. (Marguerite entr'ouvre le rideau et se tient attentive et émue.)

GASTON.

Ah! c'est un rêve bien séduisant.

MADAME DE LUSSAN.

Qui peut devenir une réalité.

* G. L.

GASTON.

Que faut-il pour cela?

MADAME DE LUSSAN.

Prendre la main qui se tend vers vous. (Gaston lui prend la main.)
La presser. (Gaston la lui baise.)

MARGUERITE, à part.

Mon cœur ne bat plus.

MADAME DE LUSSAN.

Puis s'agenouiller devant cette main. (A part.) Enfin l'y voici.

GASTON, à genoux.

Alors cette douce main s'allonge sur une table, s'appuie sur
un timbre placé là tout exprès, sonne. (Madame de Lussan, qui al-
lait sonner, s'arrête. — Gaston sonne et Marguerite s'avance.) Une jeune
fille naïve et tremblante s'avance, et la tante dit à la nièce : « Ma
pauvre enfant, regarde; celui qui t'a dit t'adorer est là, à mes
pieds; il m'a fallu à peine une heure pour l'y amener. »

MADAME DE LUSSAN, à part.

Je suis jouée.

GASTON, se relevant.

Le pauvre amoureux se relève alors et répond : « Madame,
vous vous êtes trompée, une fois n'est pas coutume. » Si mon
cœur avait été libre, il se serait rendu depuis longtemps. (Se
retournant vers Marguerite.) Mais il y avait entre vous et moi un
souvenir adoré, celui de votre nièce; il y avait un amour qui
est ma vie et qui m'a servi d'égide. Vous opposerez-vous à un
mariage qui, je vous le jure, nous rendra heureux... tous les
deux. (Tendant la main à Marguerite.) N'est-ce pas, Marguerite?

MARGUERITE, s'avançant.

Oh! oui!

MADAME DE LUSSAN, riant.

J'ai perdu!

SCÈNE XIV.

Les mêmes, LE COMMANDANT.

LE COMMANDANT.

Bien parlé! jeune homme; votre main.

GASTON, la lui donnant et bas.

Merci! commandant!

LE COMMANDANT.

Chut.

MARGUERITE *.

Ah! mauvaise que tu es! j'ai eu grand'peur; mais la victoire
me reste, exécute-toi.

* G. M. C. L.

MADAME DE LUSSAN,

Il le faut bien. (Bas au commandant.) Commandant, deux mots : tout ceci ne me paraît pas clair, vous m'avez trahie.

LE COMMANDANT.

Je vous jure...

MADAME DE LUSSAN.

Ne jurez pas, votre conscience est assez chargée. Le papier qu'on a remis tout à l'heure, au jardin, à M. d'Albret... vous rougissez... c'était vous... (Le commandant fait sigue que non.) Allons, avouez, je vous pardonne votre trahison, je ne vous pardonnerais pas mon échec.

LE COMMANDANT.

Eh bien, oui, je vous aime tant que j'en ai perdu la tête, deux mots lancés à propos ont prévenu.

MADAME DE LUSSAN.

Silence! que Marguerite ne le sache pas! laissez-la croire à la complète innocence de son Gaston.

LE COMMANDANT, haut.

Et moi, comtesse!

MADAME DE LUSSAN.

Vous! oh! nous avons le temps; voyons d'abord si ça leur réussit*.

MARGUERITE.

Petite tante, un peu de bonne volonté.

GASTON.

Allons, Madame, un heureux de plus, s'il vous plaît.

MADAME DE LUSSAN, entourée et pressée.

Vous le voulez... soit... j'y consens à une condition.

LE COMMANDANT.

Acquiescé d'avance.

MADAME DÉ LUSSAN.

Vous allez ôter votre uniforme.

LE COMMANDANT.

Vous êtes un ange.

MARGUERITE.

Oh! ce sera charmant! nous aurons deux noces en même temps. A propos, commandant?

LE COMMANDANT.

Mademoiselle?

MARGUERITE.

Vous allez être mon oncle... Tiens! cela me paraîtra tout drôle!

* G. L. M. C.

LE COMMANDANT.

Drôle! pourquoi?

MARGUERITE.

Dame! un peu plus vous épousiez votre nièce.

MADAME DE LUSSAN.

Comme fiche de consolation.

GASTON, bas, à la comtesse.

Si j'avais succombé, pourtant?

MADAME DE LUSSAN, de même.

Vous auriez succombé seul.

GASTON, à part.

Qui sait?.. à la campagne!

FIN.

LAGNY. — Imprimerie de VIALAT.

[illegible]

www.ingramcontent.com/pod-product-compliance
Lightning Source LLC
Chambersburg PA
CBHW061336050726
47595CB00005B/1954